V. HENRY

L'ŒUVRE D'ABEL BERGAIGNE

Leçon d'ouverture
du Cours de Grammaire comparée
à la Faculté des Lettres de Paris
(21 janvier 1889).

PARIS
ERNEST THORIN, ÉDITEUR
LIBRAIRE DES ÉCOLES FRANÇAISES D'ATHÈNES ET DE ROME
DU COLLÈGE DE FRANCE ET DE L'ÉCOLE NORMALE SUPÉRIEURE
7, rue de Médicis, 7
—
1889

V. HENRY

L'ŒUVRE D'ABEL BERGAIGNE

Leçon d'ouverture
du Cours de Grammaire comparée
à la Faculté des Lettres de Paris
(21 janvier 1889).

PARIS
ERNEST THORIN, ÉDITEUR
LIBRAIRE DES ÉCOLES FRANÇAISES D'ATHÈNES ET DE ROME
DU COLLÈGE DE FRANCE ET DE L'ÉCOLE NORMALE SUPÉRIEURE
7, rue de Médicis, 7

1889

L'ŒUVRE

D'ABEL BERGAIGNE

MESSIEURS,

Appelé à continuer parmi vous les traditions de cet enseignement de la grammaire comparée, que mon cher maître et ami Abel Bergaigne inaugurait naguère avec tant d'autorité et pour un temps si court, je voudrais pouvoir dignement reconnaître la bienveillance de ceux qui ont daigné m'en ouvrir l'accès : à M. le Ministre de l'Instruction publique, à M. le Directeur de l'enseignement supérieur, à la Faculté que mon obscurité n'a pas rebutée, aux maîtres éminents qui m'ont recommandé à ses suffrages — et parmi eux il en est un dont le nom évoque un deuil aussi cruel et plus récent, Arsène Darmesteter —, à tous ceux enfin à qui je dois adresser ici l'expression de ma profonde gratitude, je voudrais pouvoir promettre que la part qui m'est confiée de ce lourd héritage ne court aucun risque entre mes mains. Mais les vœux imprudents ne trompent ni celui qui les fait ni ceux qui les reçoivent, et ceux même qui m'ont été le plus favorables sont les premiers à savoir tout ce qui me manque pour justifier entièrement leurs préférences. A défaut de mieux, que mon passé leur réponde de mon bon vouloir et de mes efforts ; qu'ils attendent de moi tout ce que pourront, pour bien faire, ma reconnaissance envers eux et mon dévouement à l'Université.

Mais surtout, ma pensée se reporte, pleine d'affection et de regrets, vers celui qui ne peut plus m'entendre et qui m'a conduit, comme par la main, à la place que j'occupe ; qui, depuis huit années, infatigable dans sa sollicitude, a suivi tous mes travaux, tantôt les dirigeant, tantôt m'honorant d'un éloge qui me relevait à mes propres yeux, ou d'une critique plus précieuse encore ; qui me faisait part de ses découvertes avant qu'elles vissent le jour, et m'ouvrait généreusement l'horizon de projets et de vastes pensées qu'il portait en lui ; qui, enfin, me destinait quelque jour un poste à ses côtés, une conférence greffée sur son enseignement, et dont la désignation a jeté, j'ose le croire, un poids décisif dans la balance où mes titres furent pesés.

Et, à cette heure où sa succession vient de s'ouvrir, je voudrais avec vous en dresser l'inventaire, fixer le point précis où il a pris la science, et le point où il la laisse, enrichie de ses travaux, mesurer, autant que faire se peut au lendemain de sa mort prématurée, l'influence qu'il a exercée autour de lui, faire apparaître enfin dans son imposante complexité l'œuvre d'Abel Bergaigne, grand monument inachevé, fait de sagacité, de labeur et de patience, de cette longue patience qui peut-être est le génie.

Que l'érudition la plus vaste et la plus sûre s'allie bien souvent au goût littéraire le plus délicat, c'est une vérité banale, bien que parfois témérairement contestée. Nul du moins ne la contestera, de ceux qui ont connu Bergaigne : grammairien consommé, jusqu'au point de bannir de sa nomenclature tout terme douteux ou équivoque, d'exiger de ses disciples et de s'imposer à lui-même une rigueur absolument scientifique de méthode et d'exposition, il n'a jamais cru que la grammaire fût autre chose qu'un moyen d'entrer plus avant dans la pensée d'autrui, ni que l'esprit critique dût le priver du plaisir d'admirer. Quoique son interprétation des Védas ne reposât que sur l'analyse minutieuse du texte, et qu'il en proscrivît sévèrement la fausse esthétique qui égara si longtemps ses devanciers, il n'avait point son pareil pour recueillir au passage les rares perles de poésie éparses çà et là dans ces compilations inégales, pour faire sentir à son auditoire le charme mélancolique de telle stance où l'homme se trahit sous le versificateur, celle-ci, par exemple, qu'il disait de sa voix pénétrante : « Ils sont partis, les hommes qui ont vu luire la première des aurores, et maintenant l'aurore nous est apparue, et voici qu'ils viennent, ceux qu'éclaireront les aurores futures (1) ». Mais aussi, lorsqu'un néophyte trop fervent s'éprenait des étrangetés de cette poésie chatoyante et vide, d'un mot sobre et juste il avait bientôt fait de tout remettre au point et de ramener l'enthousiasme à la saine intelligence des mots. Car il n'était pas de ceux qui ne découvrent que des beautés dans les littératures qui leur sont familières, et, à force de les exalter, sembleraient faire aux profanes un grief de ne les point connaître. Le sphinx sanscrit, dont il avait deviné toutes les énigmes, ne lui imposait point : il le jugeait de haut, sans superstition ni prévention d'aucune sorte, et conviait ses élèves à le juger de même.

Il a fait plus encore : deux fois au moins en sa vie, dans son œuvre de début et dans une des dernières qu'il ait produites, il s'est mesuré avec lui corps à corps et l'a dompté. Son *Bhâminî-Vilâsa* (2), en même temps qu'un des premiers textes sanscrits auxquels aient été appliquées les ressources et les méthodes de la critique contemporaine, est un modèle de traduction précise, fidèle et élégante. Quant à sa *Sacountalâ* (3), publiée dans toute la maturité de son talent, en

---

(1) *Rig-Véda*, I, 113, 11.

(2) *Bibliothèque de l'École des hautes études*, fasc. 9. Paris, Vieweg, 1871.

(3) *Sacountalâ*, par Câlidâsa, drame en sept actes, mêlé de prose et de vers. Paris, Jouaust, 1884.

collaboration avec M. Paul Lehugeur, qu'en saurions-nous dire, sinon qu'il s'y est vraiment révélé poète, et qu'il a trouvé, pour transposer en notre langue le chef-d'œuvre du drame et de l'idylle hindous, des rythmes et des modes dignes d'André Chénier ?

C'est à cette même époque, si voisine de la fin de sa carrière, que, de sanscritiste éminent, il se faisait indianiste, et entreprenait une longue enquête sur l'histoire des civilisations de l'extrême Orient épigones de celle de l'Inde. A ce moment, son enseignement de vingt années à l'École des hautes études, puis à la Sorbonne, ses beaux travaux de grammaire, l'achèvement de son grand ouvrage sur la religion védique, l'avaient mis hors de pair, et l'Académie des inscriptions s'apprêtait à lui ouvrir ses rangs. D'autre part, M. Aymonier poursuivait au Cambodge les savantes recherches épigraphiques qui devaient doter la France d'un petit *Corpus* d'inscriptions sanscrites et khmères, et lui valoir à lui-même la plus haute récompense qu'il soit donné à l'Institut de décerner. La tâche de colliger et de cataloguer tous ces documents revenait de droit à Bergaigne, qui partagea avec deux autres savants, ses émules et ses amis, celle de les déchiffrer et de les traduire, et consacra à l'exposé des travaux préparatoires plusieurs notices du plus haut intérêt (1). A quelles difficultés matérielles se heurtaient la science et la pénétration de ces interprètes, je le laisse à penser à quiconque a seulement une fois déroulé un estampage, ajoutant toutefois que ces inscriptions prolixes (2) et pompeuses sont écrites en divers alphabets et souvent émaillées des fautes les plus grossières de langue

(1) *Une nouvelle inscription cambodgienne* (*Journ. Asiat*, 7e sér., XIX [1882], p, 208). — *Les inscriptions sanscrites du Cambobge* (*ibid.*, 7e sér., XX [1882], p. 139).

(2) La seule inscription de la stèle de Sdok Kok Thom comprend 132 stances sanscrites et 146 lignes de khmêr, c'est-à-dire, en tout, la valeur de 32 de nos pages en format de moyen in-octavo.

et d'orthographe. Plus d'une fois, la connaissance profonde qu'il avait acquise du tour d'esprit des rédacteurs de ces chroniques versifiées, son intuition de la métaphore, de l'hyperbole et du calembour hindous, lui donnèrent le mot d'un logogriphe si bizarre que peu d'autres s'en fussent avisés. On en jugera plus complètement quand cette partie de son œuvre aura paru : encore inédite à cette heure, mais n'attendant que le bon plaisir de la presse, elle figurera parmi les publications savantes de l'Institut, et les soins pieux de son meilleur et plus cher élève y présideront à son défaut.

En même temps, il extrayait des textes qui passaient par ses mains les données chronologiques d'une époque naguère encore aussi inconnue que la période précolombienne des deux Amériques : de 626 à 1286 après J.-C., il voyait se dérouler sur les stèles cambodgiennes une dynastie de 25 rois, outre quelques règnes non datés qui avaient précédé ou suivi, et sept intermédiaires anonymes (1); une série d'inscriptions annamites lui révélait l'histoire de l'ancien empire des Tchams ou Tchampâ, voisin de l'empire khmêr, et permettait de contrôler par un contre-témoignage les données que fournissaient sur ce pays les chroniques chinoises ou annamites et les inscriptions cambodgiennes elles-mêmes (2). Il y lisait les noms sanscrits d'une longue suite de rois qui s'y étaient succédé du IIIe au XVe siècle de notre ère, et y trouvait une confirmation inattendue des récits de Marco Polo, ce Vénitien aventureux qui, comme Hérodote et tant d'autres, fut longtemps traité d'imposteur, pour s'être donné la peine d'aller voir de ses yeux ce que personne avant lui n'avait vu.

---

(1) *Chronologie de l'ancien Royaume Khmêr d'après les inscriptions* (*Journ. Asiat.*, 8e sér., III [1884], p. 51.

(2) *L'ancien Royaume de Campâ d'après les inscriptions* (*Journ. Asiat.*, 8e sér., XI [1888], p. 5.

Enfin, au cours même de ses études de longue haleine sur le védisme, Bergaigne trouvait le temps d'apporter son concours à l'histoire de la religion bouddhique, en traduisant du sanscrit et du prâcrit un drame du VIIe siècle de notre ère, aussi curieux par sa forme que remarquable par le caractère élevé de sa morale (1).

Si c'étaient là, comme le disait alors M. Renan (2), les délassements de ce noble esprit, que penser de ses travaux? de cette activité calme et soutenue, rarement hâtée, jamais ralentie, où s'égrenaient heure à heure les journées trop brèves à son gré, dans sa solitude d'Auteuil? de cet enseignement fécond, où le maître se donnait tout entier, sans réserve, n'aspirant qu'à se créer des collaborateurs et, s'il se pouvait, des rivaux? Que dire de ce qui fut l'idée de toute sa vie, le but constant de ses efforts, dont il ne se laissait distraire un instant que pour y revenir avec plus d'ardeur et d'énergie? J'y arrive, et je vous demande la permission de remonter au début même de sa carrière, pour mieux vous faire comprendre l'évolution de sa pensée, l'unité du plan sous l'étonnante variété des détails.

Il avait eu pour initiateurs deux maîtres dont il ne parlait jamais qu'avec une touchante effusion de gratitude, MM. Michel Bréal et Hauvette-Besnault : c'est dire qu'il connaissait à fond la grammaire comparée des langues indo-européennes, et qu'il savait en même temps beaucoup plus de sanscrit que n'en savent d'ordinaire les simples indogermanistes. Il n'a jamais cessé d'éclairer l'une par l'autre ces deux études connexes, et d'en mener de front le développement parallèle, sans sacrifier la première à la seconde. Tandis qu'il préparait son Bhâminî-Vilâsa, il traduisait un opuscule de Curtius, qui fut une première ten-

---

(1) *Nâgânanda (la Joie des Serpents)*. Paris, Leroux, 1879 (1 vol. de la *Biblioth. orient. elzévir.*).

(2) *Journ. Asiat.*, 7e sér., XVI, p 17.

tative de coordination historique des faits du langage (1) : il s'agissait, par l'observation attentive de ces phénomènes, d'en déterminer la date relative, à peu près comme le géologue induit de l'aspect des couches superposées l'ordre des dépôts successifs et des soulèvements qui en ont modifié la structure. De ce germe devaient sortir un jour les progrès que Curtius vieillissant a contestés, mais dont Bergaigne est devenu et resté le fervent adepte. Il ne s'est pas borné à les suivre, il les a parfois pressentis : à une époque où le sanscrit védique passait encore presque partout pour un parangon de pureté, où l'on condamnait sur son témoignage le grec et le latin, pour si peu qu'ils s'écartassent du type consacré, lui, sanscritiste et védisant, insistait avec force sur la nécessité de réagir contre ce renom usurpé d'intégrité, et se trouvait ainsi tout préparé à accueillir, dès leur apparition, les nouvelles doctrines qui montraient le vocalisme indo-européen mieux conservé par les langues de l'Europe que par la branche asiatique de notre famille linguistique.

Formé à cette forte discipline, il ne tarda pas à marcher sans guide et publia dans les *Mémoires de la Société de Linguistique* une série continue de travaux originaux. Du même coup, le voici qui fixe la vraie nature de la nasalisation sanscrite (*anusvâra*), et réduit à ses justes proportions une règle traditionnelle que les grammairiens de l'Inde et partant ceux de l'Europe s'étaient fidèlement transmise l'un à l'autre, sans la discuter ni l'éprouver (2). Je ne veux pas dire que, sur ce dernier point, sa négation radicale échappe à toute critique : peut-être ne tient-elle pas assez compte de

---

(1) *La Chronologie dans la formation des langues indogermaniques (Bibl. de l'Éc. des hautes ét.*, fasc. 1). Paris, 1869.

(2) *De la valeur phonétique de l'Anusvâra sanscrit. Du prétendu changement de* ar *final en* o *en sanscrit.* (*Mém. Soc. Ling.*, II. p. 31 et p. 36). Paris, Vieweg, 1872.

l'influence de l'analogie linguistique, ce facteur alors encore peu étudié ; mais ce qu'il en faut tout au moins retenir, c'est la rigueur de principes qui l'amène, dès ses premiers essais, à exclure de la saine phonétique un fait phonétiquement impossible. Mêmes principes encore et même logique dans un article postérieur (1) : le sanscrit a dans sa déclinaison plusieurs cas dont les désinences commencent par *bh*, concordant ainsi, bien qu'imparfaitement, avec la désinence -φι du grec et *-bus* du latin ; d'autre part, le paléoslave et les langues slaves modernes ont deux terminaisons casuelles qui commencent par un *m*, et l'on n'avait pas manqué d'enseigner autrefois que cet *m* était ici l'équivalent du *bh* sanscrit, quoique on n'admît nulle part ailleurs semblable équivalence et que le seul représentant connu du *bh* primitif fût en slave le simple *b*. On sauvait alors ces contradictions, d'ailleurs bien excusables, en les décorant du titre spécieux de « mutations sporadiques », qui n'était pas pour faire illusion à l'esprit net de Bergaigne. Il fit justice de cette vénérable erreur, qui, deux ans après, s'étalait encore dans la 4e édition d'un grand ouvrage didactique d'outre-Rhin (2), et qui depuis, à ma connaissance du moins, a disparu de tous les traités dignes de confiance.

Par ces essais isolés Bergaigne prélude aux œuvres plus vastes qui sollicitent son activité, et bientôt une ample monographie de syntaxe comparée appelle sur l'éminent grammairien l'attention de l'Institut, qui lui décerne le prix Volney (3). Ici, comme en presque tout ce qu'il a touché, il fut un précurseur et ouvrit des voies nouvelles.

---

(1) *Mém. Soc. Ling.*, II, p. 213. Paris, 1874.

(2) A. Schleicher. *Compendium der vergleichenden Grammatik der indogermanischen Sprachen* (Weimar, 1876), p. 286, 305, 566 et 571.

(3) *Essai sur la construction grammaticale considérée dans son développement historique, en sanscrit, en grec, en latin, dans les langues romanes et dans les langues germaniques* (*Mém. Soc. Ling.*, III, 1875-78).

A part les *Syntaktische Forschungen* de MM. Delbrück et Windisch, encore à leurs débuts, à part quelques suggestions disséminées dans les ouvrages de grammaire proprement dite, la syntaxe comparée était encore à naître, et même aujourd'hui, après des années de persistantes recherches, elle demeure incomparablement moins avancée que l'étude des sons et celle des formes du langage. Quel n'est pas, pourtant, l'intérêt qui s'y attache? N'est-ce pas elle qui devra quelque jour, par la construction et l'accord des mots, nous révéler l'ordre et la marche des idées dans l'esprit de nos primitifs ancêtres? Sous chaque tour de phrase n'y a-t-il pas un état d'âme? et n'est-ce pas enfin dans la syntaxe que l'étude du langage trouve son couronnement, son épanouissement psychologique, et atteint la plénitude de sa réalité objective, puisqu'à tout prendre, selon l'heureuse formule de M. Sayce, « le langage commence avec la phrase, et non avec le mot isolé ».

Parmi les nombreux problèmes de la phrase, voici celui que Bergaigne s'était posé. On connaît la liberté d'allures de la construction latine, et l'on a remarqué le frappant contraste qu'elle fait avec la construction, presque immuable, des langues modernes, surtout du français, pourtant issu du latin. Eh bien donc, si celle-ci a pu sortir de celle-là, ne serait-il pas légitime de supposer que la construction libre du sanscrit, du grec, du latin, procédait elle-même d'une construction fixe plus ancienne et propre à l'indo-européen commun? et n'est-il pas possible, en consultant avec discernement les témoignages qui résultent des procédés de syntaxe, de dérivation et de composition des mots dans ces diverses langues, de reconstituer cet ordre primitif et de reconstruire la syntaxe de nos premiers parents? Cette question délicate, Bergaigne l'a si heureusement résolue, que ses principales conclusions ont passé désormais dans l'enseignement, reproduites aujourd'hui par la *Syntaxe Védique* de M. Delbrück. Indépendamment du point de savoir si cet ordre fixe pouvait occasionnellement faire place à une construction plus libre (1), il reste acquis à la science que la proposition indo-européenne groupait ses éléments sous la forme que voici : tous les déterminants (adjectifs, génitifs) précédant le déterminé, soit le type *bonus vir, Marci filius*; le sujet en tête de la phrase, le verbe tout à la fin, les compléments de toute nature entre le sujet et le verbe, soit *senex puerum leviter baculo percussit*, type classique auquel le grec et le latin nous ont dès longtemps accoutumés, mais que nos langues maternelles reproduisent en général aussi peu que possible.

Ainsi le concept verbal, qui, dans nos habitudes d'esprit, est le centre et comme le cœur d'un organisme, était dans la phrase indo-européenne le couronnement d'un édifice. C'est exactement la syntaxe des langues finnoises, celle du magyar, par exemple, *a bölcs mindenütt otthon van* = le sage tout-dans ici-maison est, « le sage est partout chez lui » ; ou, sans chercher aussi loin, c'est l'ordre régulier de la prose allemande dans les propositions subordonnées, *die Kenntniss welche der Mensch vor allen andern eifrig aufsuchen soll* = la science que l'homme avant toutes autres ardemment rechercher doit. Le chinois, tout au contraire, construit son verbe comme le français, mais, comme l'indo-européen, place rigoureusement le déterminant avant le déterminé. C'est aussi ce que fait l'allemand quand le déterminant est un adjectif, *ein grüner Regenschirm* = un vert parapluie ; mais il renverse l'ordre, en général, quand le déterminant est un génitif, *am Ufer der See* = au bord de la mer. En français, aussi loin que nous remontions, nous trouvons déjà le génitif postposé, comme dans *Hôtel-Dieu*, bien que le génitif préposé, legs du latin populaire, vive encore dans la vieille langue, *li Deo inimi* (Eulalie), « les ennemis de Dieu ». Quant à l'adjectif, nous le postposons

(1) B. Delbrück, *Altindische Syntax* (1888), p. 16.

bien souvent, et bien souvent aussi la place en semble arbitraire ; mais c'est pure illusion, et l'on saisit encore aujourd'hui la nuance qui sépare des expressions telles que « une blanche fleur » et « une fleur blanche », « un vulgaire ambitieux » et « un ambitieux vulgaire ». Reprenant la question quelques années plus tard (1), Bergaigne montra que cette nuance remonte aux principes de la construction latine, et qu'en disant « un jeune homme, un grand vaisseau », etc., nous obéissons encore inconsciemment à la même impulsion logique qui ordonnait les mots dans la bouche, les idées dans le cerveau de nos ancêtres préhistoriques.

Bergaigne fut donc — ce n'est pas trop dire — l'un des créateurs de la syntaxe comparée. Cette étude, d'ailleurs, ne le détourna jamais de celle des formes du langage : en 1877 paraissait sa thèse latine de doctorat, chapitre intéressant de la conjugaison indo-européenne (2), et deux ans auparavant il avait renouvelé l'étude de la déclinaison, en la rattachant en partie à la théorie de la dérivation nominale (3). Cet essai de synthèse entre deux domaines tenus jusque-là pour entièrement séparés, méritait de prendre place dans le grand débat alors ouvert entre les partisans de l'agglutination et ceux de l'adaptation, querelle d'un moment aujourd'hui presque oubliée. Lui-même en faisait bon marché plus tard, et en effet, si ingénieuses que fussent ses vues, la science, aujourd'hui lancée dans une voie différente, ne les a point définitivement ratifiées. Mais elles n'en eurent pas moins leur heure : de combien d'hypothèses

---

(1) *La place de l'adjectif épithète en vieux français et en latin* (*Mélanges Graux*, p. 533). Paris, Thorin, 1884.

(2) *De conjunctivi et optativi in indoeuropaeis linguis informatione et vi antiquissima*. Parisiis, Vieweg, 1877.

(3) *Du rôle de la dérivation dans la déclinaison indo-européenne* (*Mém. Soc. Ling.*, II [1875], p. 358).

en saurait-on autant dire ? et peut-être, maintenant encore, y trouverait-on plus à prendre que son excessive modestie n'en voulait convenir. Quant à sa théorie de la conjugaison, elle est encore, dans les lignes essentielles, celle des traités les plus récents, et les déroutants progrès accomplis dans ces douze dernières années en ont à peine entamé les détails secondaires.

Ces progrès, nul en France ne s'y intéressait plus vivement que lui, nul ne s'en tenait mieux au courant. A tout moment, lui qui dans l'intimité se plaignait parfois de manquer de mémoire, on le voyait capable de tracer la bibliographie d'un sujet quelconque de grammaire comparée, sans oublier les articles les plus obscurs, sans omettre les plus récents. Il collaborait effectivement aux thèses de doctorat qu'on le chargeait d'examiner : pas un chapitre où il ne trouvât à signaler aux auteurs quelque monographie isolée qui avait échappé à leurs recherches. De cette prodigieuse information linguistique il voulut faire profiter l'enseignement de la langue qu'il savait le mieux, et il composa cette grammaire sanscrite où, pour la première fois, furent discrètement appliquées à l'étude du sanscrit les données nouvelles sur le vocalisme indo-européen, la forme et les apophonies des racines primitives (1). Novateur prudent mais déterminé, il écrivit un livre qui, presque sans modification, restera bien longtemps, sinon toujours, en France la base de toute discipline sanscrite. Composé d'un choix de morceaux habilement gradués, dont quelques-uns sont des chefs-d'œuvre, d'un lexique sûr et complet, d'une grammaire dont la limpide concision a dû coûter bien des efforts, ce manuel, à la fois élémentaire et savant, contient tout ce que le débutant ne peut se dispenser de connaître et tout ce qu'il faut pour lui suggérer l'envie d'en apprendre

(1) *Manuel pour étudier la langue sanscrite* Paris, Vieweg, 1884.

davantage. C'est la perfection même, à laquelle n'atteignent que les maîtres assez dévoués pour s'être entièrement pénétrés des besoins et des infirmités de leurs élèves.

Ce que Bergaigne avait fait pour le sanscrit classique, il devait le faire aussi pour la langue des Védas, qui lui était, s'il se peut, plus familière encore. Il y préludait par une substantielle étude de syntaxe védique (1), qui du reste n'était, dans le plan d'ensemble de son œuvre, qu'un fragment de sa théorie générale de l'interprétation des Védas dont je ne vous ai pas encore parlé. Mais, pour initier les jeunes sanscritistes aux tours et aux formes de la langue archaïque, il avait conçu le dessein d'une chrestomathie védique, dont il confiait l'exécution à l'un de ses élèves : aux hymnes du Rig-Véda et de l'Atharva-Véda, choisis par lui, traduits par l'élève, devaient se joindre une grammaire védique, un lexique détaillé, et tous ces manuscrits, qu'il se proposait de revoir et d'annoter, ont dormi quatre mois sous les scellés apposés au lendemain de sa mort. Cette partie de son œuvre, au moins, sera continuée, si je n'ai trop présumé de mes seules forces.

Vous le voyez, Messieurs, les grands travaux auxquels il s'était voué ne l'absorbèrent jamais au point de lui faire perdre de vue les nécessités pratiques de l'enseignement. Sa pensée y revenait sans cesse : le *quid ferre recusent, quid valeant humeri discipulorum*, était son plus constant souci. Autant il était d'avis de ne rien dissimuler aux élèves, de leur ouvrir largement tous les horizons, de livrer à leurs discussions une théorie même douteuse pourvu qu'elle s'étayât d'une méthode irréprochable, autant il proscrivait l'abus, l'analyse à outrance troublant les notions qu'elle prétend éclaircir, le jargon barbare et pseudo-scientifique qui fait illusion aux novices, tout ce qui enfin

(1) *La syntaxe des comparaisons védiques* (*Mélanges Renier*, p. 75). Paris. Vieweg, 1886.

serait propre à les déshabituer de parler et d'écrire sous prétexte de leur apprendre comment on parle et comment on écrit. Il allait plus loin, trop loin selon quelques-uns, que je n'oserais entièrement contredire : ses attaques parfois visaient jusqu'au sanscrit. Convaincu qu'il faut, ou le savoir à fond, ou l'ignorer tout à fait, que l'imparfaite connaissance qu'on en peut acquérir au cours des études classiques n'est bonne qu'à meubler la mémoire de barbarismes inutiles ou dangereux, il en réservait l'étude aux spécialistes et se faisait fort d'enseigner aux autres la grammaire comparée sans leur citer une seule forme sanscrite. Pour excessive qu'elle fût, cette réserve était, de sa part, singulièrement méritoire; mais j'ai déjà dit combien chez lui le culte de la science était désintéressé et exempt de visées personnelles. Dans son cours inaugural (1), il y a deux ans à peine, il se faisait modestement sa place parmi les maîtres de la jeunesse, et se bornait à constater qu'elle « perdrait quelque chose » à rester entièrement étrangère au mouvement linguistique de notre époque. S'il n'avait tenu qu'à lui, personne n'y fût resté étranger, de ceux que la science attire, mais que rebute dès le seuil, ou son aride nomenclature, ou la longue préparation qu'elle exige : il méditait d'écrire, toujours sans un mot de sanscrit, une grammaire comparée du grec et du latin « à l'usage des gens du monde » disait-il quelquefois, disons, nous : à l'usage des lettrés curieux de se faire une idée des principes et des méthodes de la science du langage sans se perdre dans le détail infinitésimal où les initiés seuls peuvent trouver quelque charme. Il en parlait depuis six années au moins; il se faisait d'avance une fête de dissiper les préventions qui accueillent parfois notre enseignement, en montrant qu'on peut, sans pédanterie ni recherche d'orientalisme, causer de linguis-

---

(1) *La place du sanscrit et de la grammaire comparée dans l'enseignement universitaire.* Paris, Colin, 1886.

tique entre honnêtes gens, et mieux pénétrer la structure intime du grec et du latin sans s'être au préalable abreuvé des eaux du Gange. Il avait toutes les qualités de clarté, d'élégance et de bonne humeur propres à mener à bien cette entreprise, longtemps différée faute de loisir; il allait enfin y travailler, il y devait consacrer ses deux mois de villégiature alpestre, il y songeait peut-être à cette minute même où son pied glissa sur les herbes détrempées... Il en emporte dans la tombe le secret avec lui.

Combien d'autres espoirs, que de promesses fécondes ont péri dans le gouffre qui l'a englouti! Ceux-là le savent, qui gravitaient dans son orbite. « L'œuvre de ma vie, leur disait-il, ce sera la traduction du Rig-Véda. » Cette traduction, qui jamais ne lui eût paru assez achevée, il l'aurait sans doute portée dix ou quinze ans encore dans sa tête; mais elle y était déjà tout entière, arrêtée en ses principaux traits, définitive, sinon dans ses derniers détails, au moins dans l'esprit général qui y devait présider et qui marquait un progrès décisif dans l'intelligence de cette antique littérature. A nous de dégager cet esprit, d'esquisser ici la figure du vaste monument dont il nous laisse les matériaux épars.

De très bonne heure, Bergaigne avait dirigé son attention sur le caractère à la fois mythique et liturgique des Dieux du Rig-Véda. Dans le grand ouvrage qui lui coûta six années de persévérant labeur (1), il avait, si j'ose dire, inventorié leurs attributs, leurs prouesses, les formules consacrées de leurs adorateurs, et jamais le Panthéon hindou, à coup sûr le plus étrange et le plus touffu qu'ait enfanté l'imagination humaine, n'avait été soumis à une enquête aussi complète, aussi pénétrante, voire aussi respectueusement sympathique. Les textes furent dépouillés avec le scrupule du

---

(1) *La Religion Védique d'après les hymnes du Rig-Véda.* 3 vol. Paris, Vieweg, 1878-83 (*Bibl. de l'Éc. des hautes ét.*, fasc. 36, 53 et 54).

savant qui ne veut rien omettre, de l'interprète dévot qui craindrait d'y rien ajouter de sa propre pensée. Une notable partie du Rig-Véda passait en citations dans le corps du livre. Or, en traduisant ces citations, l'auteur ne tarda point à s'apercevoir que les exégètes hindous et, à leur suite, les traducteurs européens les avaient de bonne foi et systématiquement défigurées, faute d'avoir su s'assimiler les procédés de style des poètes sacerdotaux. La rhétorique bizarre et contournée qui avait présidé à la plupart des compositions védiques, n'étant plus goûtée ni même comprise, on en avait pallié la hardiesse par des compromis qui faisaient violence au sens littéral des mots. Là, par exemple, où il était dit que « le sôma mugissant s'unit dans la cuve aux flots et aux vaches » (1), on avait traduit le mot « vaches » par le mot « lait », parce qu'en effet le lait provient des vaches et que la cuve du sacrifice reçoit le mélange du lait et de la liqueur enivrante : la métaphore insolite qui fait du sôma un taureau et du lait ses femelles, disparaissait au prix d'un contre-sens. Là où on lisait que « le Dieu Indra a le ventre plein de force » (2), on donnait au mot *kratu* « force » le sens de « boisson fortifiante », parce que d'autres passages représentent Indra comme ivre de sôma, et ce tour d'adresse inspirait à Bergaigne la comparaison suivante, qui en fait bien sentir l'inanité : « Nous disons en français : « avoir le cœur plein d'audace ». Avec une pareille méthode d'interprétation, on en arriverait à croire, si quelque jour le sens de la langue française était à restituer, comme celui de la langue védique, que le mot « audace » en français devait quelquefois signifier « sang » (3). » Le lexique védique s'était ainsi encombré, au gré des commentateurs, d'une foule d'acceptions

---

(1) *Rig-Véda*, IX, 96, 14.

(2) *Rig-Véda*, VIII, 78, 7.

(3) *Religion Védique*, III, p. 304.

nouvelles pour les mots les plus usuels, et telle de ces acceptions n'avait été imaginée que pour rendre raison d'une seule stance, où l'interprétation littérale semblait trop crue, trop répugnante aux conventions du style classique. Il fallait, selon Bergaigne, les rayer toutes impitoyablement des dictionnaires et, sans elles, recommencer sur nouveaux frais la traduction du Rig-Véda ; et il donnait l'exemple, en publiant une sorte d'errata alphabétique qui malheureusement s'arrête à la fin de la lettre A (1), longue liste de mots sanscrits dont il s'efforçait de rétablir le sens véritable, altéré par les traducteurs qui n'avaient pas cru devoir borner leur tâche à traduire.

Remarquez ici, une fois de plus, la merveilleuse alliance des facultés maîtresses de ce grand esprit : contre ces violences faites à la phrase et au lexique, c'était le grammairien qui s'insurgeait ; et c'était le sanscritiste qui les rendait inutiles, en découvrant sans leur aide une interprétation acceptable. Ce n'est pas tout encore : à cette collaboration d'un seul, voici l'apport de l'humaniste.

Chez quelques érudits, le système des exégètes hindous s'était compliqué d'une autre idée préconçue, née de l'enthousiasme légitime qu'avait soulevé en Europe la première publication des hymnes du Véda. Ces chants étaient les balbutiements enfantins de l'humanité primitive : ils devaient être simples comme l'enfance, poétiques comme elle, aussi rapprochés que possible de la nature, avec laquelle l'homme était encore en communication intime ; ils reflétaient les premières émotions qui avaient fait battre le cœur de la créature ignorante et instinctive, en présence des prodiges dont elle attendait ou redoutait le retour, du lever périodique de l'aurore, de la chute prévue du soleil

(1) *Études sur le lexique du Rig-Véda* (*Journ. Asiat.*, 8e sér., II [1883], p. 468, à IV [1884], p. 462).

dans les abîmes de l'occident, des puissances monstrueuses déchaînées dans la tempête. Voilà donc ce qu'on y cherchait, et, ce qu'on cherche bien, on est presque toujours assez heureux, ou assez malheureux, pour le trouver... Ne sourions pas de ces chimères, Messieurs : elles étaient séduisantes, et c'est d'hier que nous en sommes revenus ; mais c'est Bergaigne surtout qui nous en a fait revenir, et, à tout prendre, la science vaut encore mieux que la poésie.

Il était trop poète lui-même pour méconnaître les vives et fraîches beautés clair-semées dans l'énorme recueil : j'ai dit déjà combien il les admirait et savait les faire apprécier ; mais de là à admettre l'inspiration naïve et primesautière de l'ensemble, il y avait un abîme, dont il a bien fait voir l'étendue et la profondeur. Il y reconnaissait bien plutôt le travail d'une série d'arrangeurs, épris d'ornements factices, et à qui le rare ou le précieux tenait lieu de sublime, une extrême indigence d'idées et de sentiments, mal dissimulée par la richesse du lexique et la pompe du langage, une rhétorique laborieuse et vide, artificielle et subtile, qui n'évite le lieu commun qu'en versant dans l'afféterie et l'incohérence. Par un réquisitoire fortement documenté (1), il y dénonçait des figures qui, à notre goût du moins, rappellent quelque peu les toilettes et les parures criardes des sauvages : la comparaison hardie jusqu'à la discordance, la comparaison retournée, la comparaison double, la métaphore disparate (la prière est conçue comme une arme puissante aux mains du fidèle, d'où le vers « Trita a frappé le sanglier avec une prière à pointe d'airain (2) »), la combinaison incohérente du terme propre et du terme figuré (le sôma est un liquide, et nous avons vu qu'on le compare à un taureau : en conséquence, on l'appelle quelque part « le

(1) *Quelques observations sur les figures de rhétorique dans le Rig.Veda* (*Mém. Soc. Ling.* IV [1880], p. 96.

(2) *Rig-Véda*, X, 99, 6.

liquide taureau (1) »), le rapprochement de comparaisons discordantes, la combinaison de métaphores incohérentes, enfin le galimatias triple et quadruple, dont il ne craignait pas de prononcer le nom et dont je lui emprunte un exemple en le résumant : « Le feu céleste est conçu, tantôt comme le veau, tantôt comme le lait cuit de la vache céleste ; il est aussi conçu comme un dormeur, en tant qu'il s'attarde dans la région malfaisante qui lui sert de prison et qui souvent est désignée comme le séjour de la tromperie: en conséquence le poète écrit sans sourciller cette phrase surprenante : « Il a trouvé, comme un dormeur, le cuit brillant tétant dans le sein de la tromperie » (2). » Il demandait avec indignation comment on pouvait se résoudre à effacer le caractère liturgique d'hymnes tels que le 1er du livre II, en traduisant par des appellations vagues et générales, telles que « prêtre », ou « chantre » , ou « sacrificateur », les noms précis et techniques des ministres du culte brâhmanique auxquels successivement le Dieu Agni est comparé. Bref, aussi disposé que tout autre à admirer telle stance qui semble en effet un écho des anciens âges, il montrait surtout dans la littérature védique l'œuvre de raffinés précoces ou de primitifs décadents, qui torturaient les idées pour en tirer tout ce qu'elles pouvaient rendre, de prêtres à qui les métaphores tirées du rituel se présentaient d'abord comme les plus familières, de familles sacerdotales déjà puissamment constituées, et qui, vivant de l'autel, s'efforçaient en tout bien tout honneur d'en multiplier les revenus.

Je n'ignore point que sa tentative rencontra au début la plus désespérante opposition : des uns elle ne fut point comprise ; les autres la combattirent, courtoisement d'ailleurs, parce qu'elle faisait échec à tous les enseignements

---

(1) *Rig-Véda*, VI, 41, 3.

(2) *Rig-Véda*, X, 79, 3.

qu'ils avaient jusqu'alors donnés et reçus, et ruinait en partie le magnifique monument que les auteurs du Dictionnaire de Saint-Pétersbourg avaient si péniblement édifié. L'on est allé jusqu'à dire — il paraît que la légèreté française est un peu de tous les pays — : « J'aime mieux me tromper avec MM. Roth et Grassmann, que de comprendre le Véda avec M. Bergaigne. » Il était le premier à trouver plaisante cette boutade, qu'il citait en tête d'un de ses articles. Ces piqûres d'épingle n'étaient pas pour l'intimider ; il poursuivait sa route. Il savait bien ce qu'il faisait. Dix ans se sont écoulés, nous pouvons mesurer le chemin parcouru : personne ne songe plus à chercher dans le Véda l'expression des premiers rêves de l'humanité ou de notre race en quête de ses Dieux ; presque personne ne défend plus certaines interprétations forcées, avant lui universellement reçues, ni ne s'étonne plus de bizarreries de style qui parurent si choquantes à l'heure où il les révéla. Dans ces dernières années, il avait eu le tardif plaisir de recevoir de divers savants, et notamment d'Allemagne, quelques adhésions discrètes et d'autant plus précieuses, parmi lesquelles il aimait à mentionner celle de M. Windisch. Enfin, il était parvenu à cette phase heureuse de la vie du novateur, où celui-ci, délivré du souci de batailler contre les adversaires, a le loisir de se replier sur lui-même, de se critiquer et de se corriger. Il allait entreprendre cette tâche, il l'avait commencée : ceux qui l'ont vu de près l'ont souvent entendu dire : « Je ne demande pas qu'on accepte tous les détails de ma thèse ; j'ai parfaitement conscience d'avoir çà et là forcé la note, et je ne m'en repens pas : il fallait surtout frapper fort, pour amener plus promptement une réaction urgente ; mais je n'en suis pas moins convaincu d'avoir, dans l'ensemble, frappé juste. »

Dans quelle mesure il avait frappé juste, Messieurs, c'est ce que tôt ou tard nous eût dit sa traduction projetée ; car il était pour lui-même d'une exorbitante sévérité, et aucune erreur ne lui semblait vénielle si c'était lui qui l'eût commise. Mais auparavant il comprenait la nécessité de déblayer le terrain de ses recherches et d'abandonner, pour un temps, soit l'interprétation littéraire, soit la critique grammaticale, qui lui avait jusque là servi d'instrument. Avant de traduire le Rig-Véda, il fallait en reconstituer, autant que possible, le texte exact et primitif, faire le départ des interpolations successives qui avaient pu s'y glisser, fixer approximativement, non pas la date absolue — car ce serait tenter l'impossible —, mais tout au moins les dates relatives de la composition des principales pièces d'un recueil dont la rédaction s'espace peut-être sur une période de dix siècles et davantage. Pour ce classement, la critique védique ne dispose d'aucune des ressources habituelles : elle ne peut s'éclairer, ni de la comparaison des styles, puisque tout le recueil est à peu près dans la même note, ni de la collation des manuscrits, puisqu'ils se ressemblent presque tous à un signe près, ni du caractère de la langue, puisque, artificielle sans doute dès le début, elle a à peine varié d'un accent jusqu'à la fin. Que faire dès lors ? et quel critérium imaginer ? Ici Bergaigne se souvint à propos qu'il avait fait des mathématiques dans sa jeunesse — il avait failli entrer à l'École polytechnique —, et se lança sans frayeur dans le plus aventureux dédale de chiffres que jamais philologue ait affronté. Pour se faire une idée de ce prodigieux travail, commencé seulement en 1886, mais conduit avec cette fougue qu'il savait mettre au service des idées qui le passionnaient (1), il faut savoir que tous les hymnes compris dans le Rig-Véda y sont arbitrairement rangés d'après un certain nombre d'éléments matériels dont il y a lieu de tenir un compte minutieux : longueur du mètre de chaque hymne, ou, si les stances

---

(1) *La Samhitâ primitive du Rig-Véda (Journ. Asiat.*, 8e sér., VIII [1886], p. 193; *Nouvelles Recherches sur l'histoire de la Samhitâ du Rig-Véda*, I-IV (*ibid.*, IX [1887], p. 191, et [X 1887], p. 488.

sont en mètres divers, longueur du mètre dominant ; nombre de stances de chaque hymne ; nombre d'hymnes d'une série donnée comparé au nombre des hymnes d'une autre série appartenant à la même division : le tout en gradation descendante. Or, dans chaque ma*nd*ala ou livre du Rig-Véda, et dans chacune des divisions secondaires de ces mêmes ma*nd*alas, on rencontre des hymnes qui ne répondent pas à ce principe de classement, des hymnes qui, eu égard à leur mètre ou à leur étendue, ne sont pas à leur place, des séries trop longues ou trop courtes pour le rang qu'elles occupent. Qu'en faut-il conclure, sinon que ces hymnes ou ces séries ont été remaniées, qu'aux uns on a ajouté des stances, aux autres des hymnes entiers, postérieurement au classement opéré?

Jusqu'ici la difficulté ne paraît que moyenne ; pourtant elle suppose déjà chez le critique une grande acuité de vue et une remarquable aisance dans le maniement des chiffres. Mais voici où elle se complique et devient formidable : le RigVéda n'est pas divisé seulement en dix ma*nd*alas : chaque ma*nd*ala, à son tour, comprend un certain nombre d'anuvâkas, de 4 à 24, suivant sa longueur ; de plus, par un classement encore plus artificiel, le Rig-Véda tout entier est réparti en huit ash*t*akas, chaque ash*t*aka en huit adhyâyas, chaque adhyâya en 60 praçnas ou un peu plus (1) ; et à chacune de ces divisions sont plus ou moins applicables les divers éléments numériques auxquels je viens de faire une très incomplète et très rapide allusion. Or ces divers classements ne sont point contemporains, tant s'en faut, mais séparés peut-être par de très longs intervalles : si donc, par hypothèse, tel passage ne répond point par sa place à tel système de classement, et répond à tel autre, on pourra affirmer à coup sûr qu'il a été interpolé ou remanié entre le premier et le second, et dater la corruption du

(1) Cf. *la Division en adhyâyas du Rig-Véda* (*Journ. Asiat.*, 8e sér., X, p. 488).

texte tout de même que le géologue enseigne que le ridement de l'Ardenne est postérieur à l'ardoise et antérieur au terrain dévonien. De là enfin la possibilité de distinguer dans le Rig-Véda, comme Bergaigne l'annonçait triomphalement, quatre couches successives d'interpolations, et d'arriver, en les franchissant, au roc nu, à la substruction solide, au noyau primitif d'où tout le reste était artificiellement sorti.

En parcourant cette voie ardue, Bergaigne en avait encore vu s'ouvrir une autre, qu'il comptait bien explorer : beaucoup d'hymnes du Rig-Véda sont composés de stances en mètres divers, et il est bien difficile de voir dans le chaos rythmique qu'ils présentent l'influence de considérations esthétiques ou d'une recherche de variété. Pour Bergaigne, la plupart de ces prétendus hymnes ne sont en réalité que des collections factices de formules primitivement isolées : comme le Rig-Véda est une compilation d'hymnes, ainsi un hymne quelconque peut n'être qu'une compilation de stances (1). De là, pour l'histoire de la composition du recueil, de nouvelles et fécondes inductions qu'il n'a pu qu'indiquer. A quelques objections que je lui adressais alors, il répondait à la hâte, en partant pour les Hautes-Alpes : « Ce que vous avez lu n'est, comprenez-le bien, qu'une note préventive, destinée à annoncer la question, et non pas à la résoudre. Je me réserve de la reprendre et de la développer sous peu, et j'espère bien lever tous vos doutes. » Cette note est la dernière de ses œuvres qui ait paru de son vivant.

C'est ainsi, Messieurs, c'est par ces consciencieuses et géniales études, qu'il se préparait à nous donner un jour cette traduction du Rig-Véda dont l'idée le hantait, cette traduction qui eût salué sans doute l'aurore du XXe siècle, que le XXe siècle verra, j'en suis sûr, mais qui ne sera pas signée du nom de Bergaigne, ni peut-être écrite en sa

---

(1) *Recherches sur l'histoire de la liturgie védique : la forme métrique des hymnes du Rig-Véda* (*Comptes-rendus de l'Acad. des insc.*, 8 juin 1888).

langue. Quelle gloire il nous réservait, ce patriote ennemi du bruit, qui ne recueillait la science en tous pays que pour en faire honneur au sien! et quel deuil pour la France entière, si elle savait ce qu'elle a perdu en lui! Vous du moins, qui le saurez si je n'ai failli à ma tâche, rendez témoignage à sa mémoire.

Je finis, Messieurs : en vous parlant de l'œuvre de Bergaigne, je n'ai pu vous montrer qu'une des faces de son caractère et de son talent. C'est peu d'avoir loué le savant, l'écrivain et le lettré. Je n'ai presque rien dit du professeur, dont vous vous souvenez tous, de la clarté de son enseignement, du charme de sa parole, du feu sacré qui l'embrasait et qu'il savait communiquer, du dévouement incessant qu'il témoignait à ses élèves, leur prodiguant sans compter un temps si précieux pour lui-même et pour la science, de la sévérité implacable avec laquelle il relevait la moindre erreur, et de l'indulgence infinie qui faisait trouver si douces ses corrections et ses réprimandes, toujours relevées d'un bon et franc sourire. Surtout je ne vous ai rien dit de l'homme, de sa loyauté à toute épreuve, de sa générosité sans bornes, de sa philosophie résignée et fortifiante, de ce cœur aimant et chaleureux que le malheur avait épuré au lieu de l'aigrir, et qui portait, avec une éternelle blessure, la foi en une consolation éternelle... Mais cette âme d'élite avait la pudeur de sa noblesse, et j'ai cru qu'il appartenait à ceux qui avaient eu le bonheur de la pénétrer, de ne point abuser de ce privilège, de ne soulever qu'à peine le voile dont elle s'enveloppait pour se dérober au respect et à l'admiration de tous.

Lille Imp. L. Danel.

Extrait des *Mémoires de la Société des Sciences de Lille* (1889).

www.ingramcontent.com/pod-product-compliance
Ingram Content Group UK Ltd.
Pitfield, Milton Keynes, MK11 3LW, UK
UKHW020533230726
13925UKWH00005B/2279